AF489702

النازح

* رواية: النازح

* الكاتب: علاء الدين الشيخ مكي حميدة

* تصميم الغلاف: يمنى الباسل

تدقيق لغوي: محمد الطنطاوي

* إخراج داخلي: قسم الإخراج بمنتدى الأدب الحر

* رقم الإيداع: 2024\25964

* الترقيم الدولي: 978-977-8825-45-9

صدر بالتعاون بين
دار مشكاة للطبع والنشر والتوزيع
ودار منتدى الأدب الحر للنشر والتوزيع

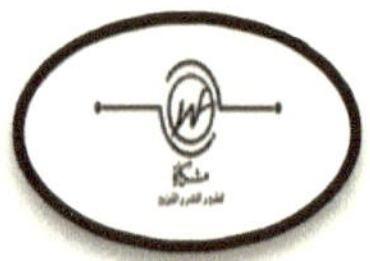

النازح

علاء الدين الشيخ مكي

إهداء

إلى أسرتي الكبيرة والصغيرة التي علمتني معنى الصمود في وجه الصعاب.

وإلى زوجتي وحبيبتي ماريل التي كانت ولاتزال مصدر قوتي وأملي في أحلك الظروف.

إلى أصدقائي مع حبي وامتناني الدائم.

مقدمة

«كل الذين فتحوا لنا بيوتهم... نزحوا»

النازح من الناحية الإنسانية هو شخص أجبر على مغادرة منزله وأرضه بسبب ظروف خارجة عن إرادته، مثل النزاعات المسلحة، العنف، الاضطهاد، أو الكوارث الطبيعية.

هذا الشخص لا يختار النزوح طوعًا، بل يجد نفسه مضطرًا إلى البحث عن الأمان والحماية في أماكن أخرى، غالبًا دون معرفة إلى أين يذهب أو كيف ستكون الحياة في الوجهة الجديدة، النازح يعيش حالة من عدم اليقين والخوف المستمر، فقد ترك وراءه ليس فقط منزله وممتلكاته، بل أيضًا جزءًا كبيرًا من هويته وذكرياته وعلاقاته، ويصبح النزوح تجربة إنسانية صعبة تحمل في طياتها معاناة نفسية وجسدية، حيث يجد النازح نفسه في مواجهة تحديات كبيرة مثل انعدام الاستقرار، قلة الموارد، وصعوبة الحصول على الخدمات الأساسية مثل الصحة والتعليم.

رغم كل هذه الظروف القاسية؛ يحمل النازحون قصصًا من الصمود والشجاعة، قصصهم تعكس قوة الإنسان في مواجهة الصعاب والقدرة على التكيف مع أوضاع جديدة رغم التحديات الجسيمة.

يُنظر إلى النازح من الناحية الإنسانية، باعتباره ضحية للظروف، ولكنه في الوقت نفسه يمثل رمزًا للقوة والمرونة الإنسانية في وجه الشدائد، ما دفعني لكتابة "النازح" لم يكن مجرد تجربة شخصية مررت بها، بل إيمان عميق بأن الشعب السوداني بأسره هو هذا النازح، في كل خطوة خطوتها بعيدًا عن منزلي، وفي كل نظرة ألقيتها على أوجه من تقاسموا معي رحلة الألم، كنت أرى فيهم انعكاسًا لأمة بأكملها، تعاني بصمت وتكافح من أجل البقاء، هذا الكتاب هو محاولة لتجسيد تلك الأرواح التي لم تستسلم، والتي رغم كل شيء لا تزال تحلم بالعودة إلى وطن يحتضنها بسلام.

تجربتي مع النزوح

عندما بدأت الأزمة تعصف ببلدتي، قررنا أنا وزوجتي أن الوقت قد حان لترك كل ما كنا نعتز به خلفنا، كانت وجهتنا مدينة الأبيض هربا من الوضع المتدهور في الخرطوم، ولكن الأمور لم تكن أسهل هناك، كانت الرحلة بمثابة رحلة إلى المجهول؛ حيث كانت كل خطوة تحمل معها مشاعر القلق والترقب،   من مدينة الأبيض سافرنا إلى مصر آمالًا في بداية جديدة، لكن المفاجأة كانت أن معبر الحدود المصري لم يكن في صفنا، فقد كان ينقصني ثلاثة أيام على انتهاء التأشيرة، مما جعل دخولي مستحيلا، حاولت بكل جهد التسلل عبر الحدود البرية، لكن محاولتي باءت بالفشل، وتم القبض عليَّ واقتيادي إلى سجن أبو سمبل.

قضيت في سجن أبو سمبل 21 يومًا من القلق والتحدي، حيث كانت الزنزانة مكانا مروعًا، مغلقًا على ضوء خافت وصوت مزعج لشفاط الهواء الذي كان يملأ المكان، بدأت أعتاد على هذا الوضع، حتى جاء اليوم الذي انتظرناه بفارغ الصبر.

في الساعة الثالثة صباحًا، سمعنا صوت الضابط ينادي الأسماء، ويخبرنا بأن علينا دفع ثمن العربة، كانت الشاحنة المكتظة برائحة البول والعرق والعطن بمثابة تذكرة إلى الحرية التي كنا نحلم بها. كنت أستمتع بالمنظر الذي بالكاد أراه من خلال شباك العربة الضيق، حيث كان القليل من الهواء يدخل بصعوبة، كان المشهد الأكثر جمالًا في ذلك اليوم هو علم السودان المهترئ المعلق على بوابة معبر أرقين... وصلنا إلى حلفا، وهناك كانت الفرحة بتحدثي مع زوجتي وأسرتي، بعدها تخبطت في أفكاري بين كيفية الوصول إلى أسرتي الصغيرة، وبين مستقبلي المهني، وأين أعيش وماذا أفعل؟ لكن التفكير المربك لم يدم طويلًا، توجهنا أنا وأصدقائي الجدد، الذين تم إطلاق سراحهم، إلى مركز المدينة حيث السوق.

بعد جهد شاق، وصلنا إلى فندق صغير، عبارة عن غرف من الطين متناثرة وحمامات متفرقة. الفندق كان يضم سريرًا من الحديد مغطى بحبل من القماش يطلق عليه يطلق عليه (حسن عدس)، وكنا نلتحف السماء بعد المغرب كأبسط وسيلة للراحة، بعد خمسة أيام من هذه الحياة، تلقيت مكالمة من صديق يخبرني

أن صديقا مشتركا لنا يقيم في حلفا وطلب رقم هاتفي، الذي اشتريته بمبلغ ضخم، بعد دقائق قليلة، رن هاتفي:

- ألو، ياتتي، أنا سمعة، وين انت ياخي؟

- نحن قاعدين في داخلية - داخلية للطلاب قامت سلات المدينة بتسكين النازحين فيها- تعال وإن شاء الله تزبط أمورك...

وبالفعل.. عند المساء، أخبرت رفقائي وذهبت وحدي، وجدت نفسي. في غرفة بسيطة، مرتبة من الإسفنج لا يزيد سمكها عن سنتيمترين، افترشتها على السطح وهمت مع النجوم مغازلًا حبيبة القلب حتى داهمني النوم.

في صباح اليوم التالي، فاجأتني الشمس المبكرة! كان أول ما افتقدته هو القهوة، سألت عن مكان لبيع القهوة، وكانت المفاجأة أن المكان خالٍ من أي محلات قهوة! كان عليَّ أن أذهب إلى السوق.

فجأة خطرت لي فكرة، بعد مشاورات مع سمعة، توجهنا إلى السوق، وأحضرت البن وأكواب، ومقالة لتحضير القهوة بأسلوب الأمهات، كنت أستذكر كيف كانت أمي تحمص البن.

أحضرت كل ما يلزم، ووجدت مكتبًا قديمًا يعود لأحد الطلاب، ومن هنا بدأت مشروع القهوة.

بدأ العمل يزدهر، أصبح لدي دخل ثابت وموظفون... نعم، ازدهر العمل وأصبحت أصرف على نفسي من القهوة دون أن أحتاج إلى مدخراتي، الأصدقاء كانوا يتناوبون في العمل، كل من يريد شراء شيئا يستيقظ باكرا ليشعل النار بالفحم، ويعد القهوة والشاي للنازحين،   كنا نبيع بأسعار أقل من المتعارف عليها، لأن الأغلبية كانوا نازحين ينتظرون استخراج التأشيرات، القنصلية كانت في حلفا، وكان البعض يريد اللحاق بأسرته، وآخرون كانوا يبحثون عن الأمان في القاهرة، ومنهم من كان يحتاج إلى الدواء. استمرت فترة مكوثي في حلفا أربعة أشهر، تعرفت خلالها على أشخاص رائعين، وأدرت مدخراتي في التجارة بالسوق، وضاعفت رأسمالي إلى أكثر من

عشرة أضعاف، رحلتي كانت مليئة بالتحديات والصعوبات، لكنها أيضًا كانت مدرسة تعلمت منها الكثير عن الصبر والمرونة، رغم كل ما مررت به، فإن الأمل والتفاؤل كانا دائما حاضرين في رحلتي.

عندما بدأت الأزمة تشتد والأوضاع كل يوم تسوء قررنا أنا وزوجتي أنه يجب علينا المغادرة، وكانت أقرب وجهة هي مدينة مدني، اتفقنا على السفر مع أسرتي، التي شملتني أنا وزوجتي وبناتنا، بالإضافة إلى خالتي زينب، وهي أم زوجتي، وزبيدة تلك الفتاة التي احتفلنا بعيد ميلادها التاسع عشر قبل الأحداث بأيام. زبيدة كانت تدرس القانون، إشراقة أخت زبيدة ذات السبعة عشر عام، وكان معنا أيضًا عمنا دكتور إسماعيل الفحيل خال زوجتي، ذاك الأنيس المطلع الذي لن تمل الحديث معه، كان إسماعيل، كغيره من الآباء والأمهات لا يريد مغادرة منزله صوب المجهول متمنيا انتهاء الحرب سريعا، لكننا كنا نرى العكس؛ كنا موقنين بأن هذه الحرب طويلة الأمد، حتى تاريخ كتابة هذه الجزئية، لقد مر على هذه الحرب سنة وخمسة أشهر.

كنت أتجـول بدراجتي النارية في تلك الأيام العصيبة بحثا عن عربة لنسافر بها إلى ولاية الجزيرة، بالتحديد قرية أم دغينة، وهي قرية جدي من أمي، ولكن باءت كل محاولاتي بالفشل. عندها قررنا الذهاب إلى مدينة الأبيض؛ حيث منزل عائلتي بعد بحث مضنٍ وتحت النيران، ورؤيتي للجثث الملقاة كأكياس النفايات الممزقة التي تعلق بأعمدة الإنارة، وجدت أخيرًا عربة تقلنا إلى الميناء البري بالخرطوم، كانـت المسـافة لا تتعـدى العشـرة كيلـومترات، ولكـن الأجرة كانت تكلف كأننا نسافر لدولة أخرى. كان الجشع، رغم زعم السائق بأن الوقود أصبح غال، وعندما وصلنا إلى الميناء لم نجد أي حافلات أو سيارات تتجه إلى الأبيض بسبب الخوف من طريق الأبيض الذي يبدأ من مدينة أم درمان مرورًا ببارا ثم الأبيض، عدنا أدراجنا إلى المنزل في حي بري مرة أخرى، في تلك الفترة كان التيار الكهربائي يعمل لدينا وأيضًا الماء، ولكن لم تكن هناك محالات أو بقالات مفتوحة الأبواب.

أشكر زوجتي هنا، التي كانت قد تنبأت بالحرب قبل يوم من اندلاعها! طلبت مني قبل مغادرتي في اليوم الذي سبق الحرب أن

أذهب معها إلى السوبر ماركت، قلت لها: لماذا في هذا الوقت المتأخر؟

فأجابتني ساخرة: البلد دي بقت ما مضمونة، أرح نشتري أكل الحرب.

كنا نتعايش مما اشتريناه في ذاك اليوم من أرز ومعكرونة ودقيق وتونة معلبة، حتى أنها كانت تعد لنا الخبز في المنزل، لم يكن هناك مخابز، وكل المحال كانت شاحبة فاترة والذباب على شفاهها، في صباح اليوم التالي، أخبرت زوجتي فقط بأني سأذهب لأجد أي شيء يمكنه إخراجنا، أصرت على الذهاب معي، ولكن لم يكن مني إلا أن قلت لها: ما ممكن نموت الاتنين...

لم تكن هذه دراما مني، بل كانت حقيقة مرة وقاسية، ودعتني وودعتها وامتطيت الطريق الأسفلتي.

وجدت حافلة بالقرب من سوبا، وهي إحدى أحياء الخرطوم البعيدة عنا، وأخبرني السائق بأنه سيقلنا غدًا إلى سوق القش بضاحية أم درمان، كنت أعلم أن هناك عربات تتجه إلى الأبيض.

وفعلًا... في صباح اليوم الثالث من المحاولات، واليوم العاشر للحرب، جاءني السائق في تمام الساعة الخامسة صباحًا، كان صباحًا يخلو من صوت الطيور، يخلو من كل شيء، لم يكن هناك شيء سوى القلق... بعد رحلة استمرت لأكثر من خمس ساعات، وصلنا إلى أم درمان.

أول ما علقنا عليه جميعنا السائق والشخص الغريب الذي كان معه، كان كلمة واحدة نطقناها بصوت واحد (عييييش)، نعم... الخبز؛ لم نر خبزًا طوال الأسبوعين الماضيين، وظننا أننا نطقناها كناية للحياة التي تعم أرجاء مدينة أم درمان، هنا تنفست قليلا وسألت الشخص الغريب: من أنت؟ وما لك شارد كدا؟!

رّده كان كالآتي: أنا كنت جوه وهنا.

سألته: أين كنت؟

فأجاب: كنت يا عمك أقضي عقوبة بالسجن، وكنت مسجونا طوال الخمس سنوات الماضية، أخرجني وكل السجناء قوات الدعم السريع.

سألته: لماذا أخرجوكم؟

فأجاب إجابة علمت أنها قد تكون محض إشاعة، ولكن من كان يصدق الذي يحدث الآن؟!

أجابني بأنهم أطلقوا كل من في السجن لأن لديهم كباتن طيران حربي يريدون إخراجهم.

واصلنا المسير ووصلنا وجهتنا... سوق القش، استأجرنا عربة صغيرة مصممة لأربعة أشخاص، وتقرفصنا بها ثمانيتنا، وصلنا مدينة بارا، تلك المدينة مجنونة الجمال بخضرتها وبساتينها الجميلة وسكانها الودودين، دائمًا ما أصفهم بأن "أذنهم نظيفة"؛ فهم يحبون الغناء الجميل.

وصلنا وكان في استقبالنا أستاذ صديق، وهو والد زبيدة وإشراقة وأسرته وزوجته، التي لم تكف عن خدمتنا بشهامة وكرم

السـودانيين، نعـم... مثلمـا أخرجـت الحـرب أسـوأ مـا فينـا، كشـفت أيضًا عن معادن الناس النبيلة، قضينا بضعة أيام وبعدها توجهنا صوب بيتنا الكبير الذي احتضننا بالزغاريد والأهازيج.

تجربتي في سجن أبو سمبل

عنـد وصـولي إلى سـجن أبـو سـمبل، وجـدت نفسي ـ في غرفـة ضيقة تضم واحـدًا وعشرين شخصًا، كانـت المسـاحة ضئيلة جدًا، وكنـا نفترش (البطاطين) التي كانت بمثابة أسرّة لنا، كانت وجباتنا تتكون من ثلاثة أرغفة خبز، وعلبة صغيرة من الجبن ـ بحجم علبة الكبريت ـ ومثلثين مـن جبن رديء الطعـم، فضـلًا عـن علبـة مـربى بـنفس حجـم علبـة الجبن، هـذه الوجبـات كانـت محـدودة جـدًا، لدرجة أن الجبن كان له طعم يشبه صابون البدرة، بفضل معرفتي بالطهي تحولت إلى شخص أساسي في هذه البيئة القاسية، كنت أطلـب مـن أحـد العسـكريين أن يجلـب لنـا بعـض الأطعمـة مثـل اللانشـون والجبـن الـرومي والشـاي والسـكر، نسـبة لعـدم احتياجها لظروف حفظ محددة، مما منحنا بعض الراحة في تلك الأوقات الصعبة.

في الأيـام الأولى، كان هنـاك مـن علمـوني كيفيـة إشـعال النـار باستخدام فارغ الزجاجات البلاستيكية، وصنع كانون صغير لطهي الشاي، الذي كان يعتبر من الرفاهيات النادرة، في عالم السجن، كان

عـود الثقاب الواحد يعـادل كـنزًا ثمينًا، وكان بإمكانـه أن يغـير مـن مكانتك في الزنزانة.

مع مرور الوقت... بدأت أتعرف على زملاء السجن الذين كانوا مختلفـين تمامًا عـني، كـان هنـاك مـن يعمـل في تهريـب البضـائع وآخـرون في تهريـب البشر، التقيت بشخصيات متنوعـة ومشـوقة، وكانت كل واحدة منها تحمل قصتها الفريدة، من بين هؤلاء الزملاء، كان عبد الرحمن الذي يعـد من أبرز الشخصيات الـتي قابلتها في السجن، شخصية عبد الرحمن قصة درامية وإنسانية، عبد الرحمن رجل يبلغ من العمر ستًا وثمانين سنة، حمل معه قصة حياة مليئة بالتجـارب والألـوان، في أوقـات اسـتقراره كان يتحـدث عـن ماضـيه بفخـر وحنـين، عمـل في القـوات المسـلحة كجنـدي مدفعيـة في عطبرة، وبعدها سافر في بعثة دراسية ليتخصص في الكتابة والخط العـربي، وهـو ما فتح له أبواب العمـل في السـعودية، هناك... عمل مع العديد من الأمراء، واستمر في عمله بالقنصلية العمانية، حيث ترك بصمته كخطاط بارع.

كان عبد الرحمن يتمتع بشخصية مرحة وودودة، بل كالأطفال في طيبته وسلاسة حديثه، كل ما كان يشغل باله هو عائلته؛ أبناؤه وزوجته، حياته كانت مليئة بالإنجازات والنجاحات، ولكن مع تقدم العمر ومرض الزهايمر، بدأت الذاكرة تخونه شيئًا فشيئا، في لحظات فقدان الذاكرة، كان عبد الرحمن يطلب شيئًا واحدًا فقط: "الساعوط" نوع من أنواع الكيف يُسمى في مصر بالمضغة، كان الحصول على هذا الأمر صعبًا في السجن، لذا كنت أقدم له بديلا بسيطًا، وهو الشاي الأسود مع الملح، ورغم بساطة هذا التعويض، كان يريح عبد الرحمن ويسكنه، حيث كان يتمتم بكلمات غير مفهومة بالنسبة لي، لكنها كانت تعبيرًا عن راحته المؤقتة.

ينما كانت أسرته مشغولة بإجراء إجراءات الدخول لمصر، تسلل عبد الرحمن دون أن يدري من خلال بوابة معبر قسطل، وهو المعبر البري لمصر، وعندما سأله حرس الحدود عن أوراقه، لم يستطيعوا فهمه، جاهلين بأنه مصاب بالزهايمر، واقتادوه للسجن، مع مرور بعض الوقت، أصبح عبد الرحمن واحدا من أشهر الشخصيات في السجن، كان محبوبا من الجميع بفضل شخصيته

الطيبة وابتسامته الدائمة، حتى في ظل معاناته من فقدان الذاكرة. كنت أرى في عينيه تلك النظرة التي تعكس رغبة في العودة إلى تلك الأيام الجميلة التي عاشها، كان عبد الرحمن رمزا للصمود والإنسانية، حتى في أصعب الظروف، ورغم كل ما واجهه من تحديات وصعوبات، ظل ذكرى حية في قلوب من عرفوه، وترك أثرًا إيجابيًا في كل من حوله.

كيف دخلت سجن أبو سمبل

في يوم 5/21 من العام 2023، بعد توديعنا وذرف الدموع مع عائلتي الكبيرة، وبعد الكثير من الدعوات من الست نور والدتي الحبيبة وصديقي وصانع الفكاهة، خالق البسمة في كل أسرتنا، أبي الشيخ مكي حميدة، الذي كان يعاملني منذ الصغر كصديق لي أكثر من أنه والد، لم يكن فظًا أو متهكمًا أبدًا، كان والدًا مختلفًا وما زال. ودعنا، وكعادته يكسر الأحزان بالدعابات، ولكن في ذاك اليوم كانت ملامح وجهه تفضح حزنه، ودعناهم وتمنوا لنا اليسر والسداد في طريقنا.

توجهت العربة الصغيرة بنا في رحلة لم تنتهِ إلى يومنا هذا. عند وصولنا بارا، توجهنا لأسرة صديق لنودعه، وكان الحزن يخيم على قلوبنا كصخرة ثقيلة.

ودعناهم أيضًا... وما زال السودانيون يودَعون ويودعُون أرواحًا ومسافرين يودعون حياتهم، عادت بنا العربة إلى ذاك الطريق. وصلنا في آخر الليل إلى مدينة أم درمان، ونزلنا بمنزل

خضر، شخص لا أعرف عنه سوى أن لديه صلة قرابة بإحدى قريبات زوجتي، إلا أنني أعرف أنه كريم، شهم، معطاء ورجل عائلة حقيقي، كان هو وزوجته وأظن أن له أربعة بنات أكبرهن لا يتجاوز عمرها الواحد وعشرين سنة.

المهم، بعد أن قضينا ليلتنا تلك ورحنا في نوم عميق، كانت أصوات الرصاص في الأرجاء، ولكن الإرهاق كان له سطوته صحوت باكرًا وتوجهت إلى موقف الحافلات السياحية التي تسافر إلى القاهرة، كان المشهد كما يلي:

الآلاف من الناس يفترشون الأرض، والبعض صنع من مشمعات البلاستيك خيمًا صغيرة بالكاد تقاوم الرياح الخفيفة، باعة متجولون، سماسرة، بائعات الشاي، بائعي الطعام، والكل يصرخ وينادي ويسوق، رافقني خضر في إصرار منه أن الشوارع مليئة باللصوص، أعطاني فأسًا وسكينًا وعصاة كأدوات للحماية، كنت أحمل جوال وضعت به أموال التذاكر.

نعم... جوال؛ فقد تضاعفت أسعار التذاكر لأضعاف، حيث كانت التذكرة قبل بداية الأحداث تعادل 15 دولارا، وفي ذاك اليوم كانت بقيمة 500 دولار للفرد.

وكنا أنا وزوجتي وبنتينا إيفا ومايا، وخالتي زينب، وعمي خال زوجتي دكتور إسماعيل، وفي الموقف وصلت لنا خالة زوجتي، حاجة أم سلمة، أي بإجمالي كنا سبعة، وهذا مبلغ بالعملة السودانية كان كثيرًا، من حيث الفئات الورقية وأيضًا القيمة في التذكرة، تمكنت من حجز التذاكر وتوجهنا في رحلة استمرت ثلاثة أيام حتى وصلنا معبر أرقين البري الموجود على الحدود بين دولة السودان ومصر،. مكثنا يومًا كاملا، بعدها تمكنا من الحصول على التأشيرة، وهي ختم على الجواز.

وبينما كنت مهمومًا بكيف سأصاحب أسرتي في هذه الرحلة، ذهبت إلى راكوبة (كوخ من القش) يعدون القهوة، طلبت قهوتي وبينما كنت في هذا الشرود، أتاني صوت ينادي "يا شاب" التفت ووجدت أنه سائق البص، ومعه مضيف البص، دعوني للجلوس

معهم، بعد السلام والتعارف، أخبرني السائق أن مشكلتي محلولة، قلت: كيف ذلك؟

وكان رده: شـوف، أنت خليك مراقب البص، أول مـا تشوفنا دخلنا بوابة المعبر المصري، اذهب وانتظر بالقرب مـن السـياج، وهو سياج من الأسلاك يفصل بين الدولتين، انتظر مني مكالمة.

وأعطاني رقمـه، ولكـن أردف: احتمـال الشـبكة ما تجمـع ومـا أقدر أتصل عليك، المهم أول مـا الدنيا تمغرب -يقصد مع غروب الشمس- ادخل من السياج واذهب لبوابة الخروج للمعبر المصري، واختبئ جيدًا، وعندما تراني اقترب من البص، حينها سأقلك.

فعلا عند المغرب لم أستطع الاتصال به، كان هاتفه خارج نطـاق التغطيـة، عملـت بكلامـه وتجـاوزت الحـدود السـودانية ودخلت الحدود المصرية، سرت لمسافة تبلغ العشـرة كيلومترات وانتظرت، كل هـذا وأنا ليس بحوزتي ماءً ولا طعـام، كنت أحمل جـواز سـفري وبعـض النقـود، انتظـرت حـتى حانت السـاعة 12 صباحًا ولـم يأتِ البـص، وهـاتفي في وضـع الطـوارئ، في كل هـذه

الساعات من الانتظار، مر بي خمسة عشر باصا ولم يتوقف لي أحدهم، كنت كلما رأيت ضوءًا أركض نحو الطريق الأسفلتي مؤشرًا له بالتوقف، ولكن دون جدوى، بنفس سرعة الركض أعود أدراجي تحت صخرة ضخمة على بعد مسافة ليست بالقريب، تملكني اليأس حينها، قررت الانتظار ليوم آخر في هذه الصحراء، رغم أنني لم أكن مستعدًا للانتظار، فأنا لا أملك شيئًا يعينني على المواصلة، فجأة سمعت صوت خطوات على الطريق الأسفلتي، كان واضحًا جدًا نظرًا لتوقف الباصات، وكان صوت الخطوات في هذه الصحراء الخالية من أي مظهر من مظاهر الحياة واضحا، وله ضجيج كشك كشك كش، بهدوء صرت أزحف ناحية الطريق الأسفلتي ورأيت ظلا لشخص يبدو عليه الطول واضحًا وعندما اقتربت، وقفت فجأة وبصوت واضح قلت له: أنت منو؟

هنا صرخ وكاد أن يسقط وبدأ يتمتم بكلمات فهمت منها جزء قليل أنه كان يردد: (بسم الله بسم الله) ظّنا منه أني شيطان.

- ما تخاف يازول...

قلت له لطمأنته أنا بني آدم مثلك

تحـدثنا، واسـمه كان مجاهـد، وكان يحـاول اللحـاق بأمـه المصـابة بالسرطان التي تأخذ العـالج الكيميائي بمصر.ـ أعطاني بعض الماء، وأخبرني بأنه عادة لا ينام باكرا:

- خلاص يا علاء أنت نـوم، أنا أصـلا بساهر بعـد شربي للماء. وصراحـة تمكـن مـني الإرهـاق والتعـب، واستسـلمت ونمت ملتحفًا الأسـفلت، لـم تمـر سـاعة إلا وأجـد ضـوءًا عظيمًا أصـابني بـالعمى يضـرب في عيني وثقـلًا كبيرًا على ظهري، ويداي مقيدتان. أخـبروني بأنهم حرس الحدود وأنني معتقل بتهمة التسلل.

قصص التدمير والدمار

حياة جميلة، حلم زائل

في إحدى أحياء الخرطوم الجميلة، هادئة ومستقرة، عاشت مهيرة حياة تعكس بوضوح جمال المدينة ونعيمها، كانت مهيرة الفتاة ذات الوجه الملائكي والابتسامة التي تشع نورًا، تنظر إلى مستقبلها بأمل كبير، ورثت منزلا جميلا عن والدها الراحل، وكان لديها حلم كبير في أن تجعل من حياتها قصة نجاح في قلب السودان، عملت في مجال كانت تحبه بشغف، وبكل يوم كانت تبني مستقبلًا مشرقًا كانت حياتها بسيطة لكن مليئة بالأمل، شوارع المدينة التي عرفت كل زاوية فيها، كانت ملاذها الآمن، حيث كان الجيران يعرفونها ويحبونها، كانت تملأ بيتها بالذكريات الطيبة التي جمعتها مع والديها الذين فقدتهم في وقت مبكر، ولكنها لم تدع الحزن يقضي على أحلامها، كانت تتطلع إلى غدٍ أفضل، حيث كانت تؤمن بأن السودان هو أفضل بلد في العالم...

العنف المفاجئ

كل شيء تغير في لحظة واحدة، في أحد الأيام، بينما كانت مهيرة في منزلها، اندلعت معركة عنيفة في المدينة، دخلت مجموعة من الجنود المدججين بالسلاح إلى حيها، وكانوا ينهبون كل ما يعترض طريقهم، اختاروا منزل مهيرة كهدف لهم، لم يكن هناك من يحميها، وكانت حياتها في خطر، عندما دخل الجنود إلى منزلها لم يتركوا شيئًا دون أن يدمروه، اقتحموا غرفها وسلبوا كل ما تملكه، من أثاث ومقتنيات شخصية، وسلبوا أموالها ومدخراتها، ثم جاءت اللحظة التي لا يمكن تخيلها، حيث تعرضت مهيرة للاغتصاب بوحشية من قبل هؤلاء الجنود، لم يكن لديهم أي رحمة، وكانوا يجرونها عبر أروقة المنزل، تاركين وراءهم الفوضى والدمار.

جراح لا تلتئم

لكن الأمر لم ينته عند هذا الحد بعد الاعتداء... قام الجنود بتدمير المنزل بالكامل، حارقين الأثاث وسلبوا ما تبقى من ممتلكات، تركوها في حالة يرثى لها، وأصابوها بإصابة بالغة جعلتها مشلولة، لم تقتصر أضرارهم على خسارة ممتلكاتها، بل أصيبت بجراح دامية لا تشفى، وأصبحت غير قادرة على الحركة.

السودان كرمز للدمار

ومع ذلك، فإن القصة لم تنته بعد، مهيرة... تلك الفتاة التي كانت تتمتع بحياة هادئة ومزدهرة، أصبحت رمزًا للدمار الذي لحق بالسودان في نهاية الفصل، تتجسد مهيرة في كل قصة نازحة، في كل من فقدوا الأمل واستباحة وطنهم، كما أن قصتها تعكس معاناة الكثيرين، حيث أصبحوا ضحايا للحرب والدمار.

وطن ضائع

مثلما تعرضت مهيرة لكل هذا الألم، هكذا تعرض السودان للدمار، مهيرة هي السودان بكل أحلامه وتطلعاته، وكل ما فقده نتيجة الصراع من خلال قصة مهيرة، نرى كيف أن الوطن بأسره قد تحول إلى صورة من الألم والمعاناة، لكنه لايزال يحمل في طياته الأمل في عودة الحياة إلى مجراها الطبيعي

أسباب النزوح

في يـوم 15 أبريل 2023، الـذي صـادف الخـامس والعشـرين من رمضان، كان الجو في السـودان يعكس روحانية الشهر الكريم... الشـوارع كانـت تـتلألأ بمصـابيح تبـث ألوانًـا زاهيـة، وتعـم أجـواء الطمأنينة والتآخي بين الناس، كل منزل كان يستعد لموائد الإفطار، حيـث كانـت رائحـة الخبـز الطـازج والفـول والتمـور تمـلأ الأجـواء، مُشَكِّلةً لوحةً نابضةً بالحياة والنشاط.

في هـذا اليـوم، كنـت مفعمًـا بالأمـل والتفـاؤل، كنـت أسـتعد للـذهاب إلى العمـل، مشـغولًا بإنهـاء بعـض الأعمـال في منزل تحت البناء، كنت متحمسًا لفكرة التحضير للعيد، الذي كنت آمل أن أقضيه في مدينـة الأبيـض مـع عـائلتي، كنـت قـد أعـددت الهـدايا والأقمشـة الجديدة التي ستسـعد بها عائلتي، وحضرت زوجتي ما حضرت مـن هـدايا، وكنـت أتطلـع إلى اللحظـات السـعيدة التـي ستجمعني بوالديَّ وإخواني في العيد.

لكن فجأة، وعلى الرغم من كل الاستعدادات والفرحة التي كانت تملأ قلبي، استيقظت في الصباح الباكر على أصوات القذائف والمدافع، كان الرعب الذي اجتاحني ليس مجرد دويًا في الأفق، بل صرخات القلق والذعر التي تجسد بداية الحرب المفاجئة، ملأ الحزن والألم قلبي، وتلاشت أحلامي التي بنيتها بجهدٍ وتفانٍ وسط أصوات الفوضى والدمار.

كنت أستعد للعيد، وفجأة وجدت نفسيـ غارقًا في عتمة الحرب... كل حلم كنت قد تحققته، وكل تفصيل صغير كنت أتطلع إليه، أصبح غير ذي أهمية وسط تلك الفوضى، تجلت مأساة الوطن أمام عينيَّ، ورأيت كيف أن الناس، الذين كانوا يحرصون على إفطار رمضان الجماعي وتبادل الهدايا، أصبحوا يتكاتفون الآن لمواجهة مصير مجهول، أصبحت جزءًا من قصة أكبر من تفاصيل حياتي اليومية، صرت جرحًا في جسد الوطن الذي يعاني.

كانت الساعة السادسة صباحًا عندما استيقظت على صوت المدافع والدوي الهائل لإطلاق النيران، أول ما فعلته كان أخذ

هاتفي وهاتفت زوجتي، كنت في ذلك اليوم بحي السجانة، حيث منزل خالتي فاطمة وزوجها عمي الرضي، اللذين ما زالا يتنقلان بين المدن حتى أنهم سافروا إلى إثيوبيا لإجراء إجراءات التأشيرة للذهاب للسعودية، ولكن لتوقف العمل بالقنصلية والإجراءات الصعبة، اضطروا للرجوع إلى السودان لمدينة كرمة وبعدها استقروا أخيرًا بمدينة عطبرة في منزل متواضع، بمبلغ ضخم لم يكن يحلم به صاحب البيت، نعم... إنه الجشع الذي أظهرته الحرب، فقد أخرجت سوء الكثيرين من تجار الأزمات.

في تلك اللحظة، كنت أحاول الاتصال بزوجتي وفي هذه المسافة القصيرة الطويلة كما سماها الشاعر «عاطف خيري» "وأنزل مسافة تهبشك غنوة وأناولك كاس"، أو كما قال أيضًا "نوح يبلغ من الطول مسافة يشتهي الغرقان شهيقا"

في هذه المدة قصيرة العدد طويلة التفكير تجمع كل سكان حي السجانة العريق في ميدان الحي، كانت السماء ملبدة بالدخان ولا شيء سوى صوت المدافع وصوت الذعر والقلق، في تلك الأثناء تمكنت من التواصل مع زوجتي وقلت لها:

- كيف أنتِ والبنات؟ وخالتي زينب كويسة؟

أجابت:

- نعم، كويسين، وزبيدة كويسة.

هنا تنفست الصعداء وحمدت الله، ثم أخبرتها:

- أنا قادم إليك.

حلفتني بمحبتنا وجعلتني أقسم بألا أتحرك ما لم نعلم ماذا يدور.

مع ذلك، أجبتها بما تريد، لكني كنت عازمًا على الذهاب إليها، فهي وحدها والبنتان وخالتي أمها وابن عمها، الأستاذ صديق السوداني الطيب، كانت المحبة العائلية ومسؤوليتي دافعة لي. انقطع الاتصال بعد ذلك، كما توقفت المياه، هنا ظهر تعاون قاطني حي السجانة وبدأنا نبحث عن كيفية الحصول على الماء، بعد تفكير والكثير من الأفكار من كل الفئات، تم إحضار (وابور) صغير

يكفي لتشغيل موتور المياه وشحن الهواتف، وتشغيل تلفاز واحد لمعرفة الأخبار، كان هذا بمنزل العم وداعة عليه الرحمة، حيث كان المنزل مفتوحًا على مصراعيه كأنما يقابل الزائرين بالأحضان.

قبل تشغيل الموتور، كان المصدر الوحيد للمياه هو كولر تبريد بمنزل الموسيقي المعروف حمزة سعيد -له الرحمة- تجمع الناس من كل الحي لملء الأواني بالمياه، في هذه الأثناء حضر المولد بعربة مازدا من الطراز القديم، المازدا التي حافظ عليها مالكها كما هي، وهي عبارة عن عربة نصف نقل تعود لحقبة الستينات، يقودها ميسرية الشاب الخدوم، مع الكثير من شباب الحي الخدومين والمعروفين بالهمة، تجمع الناس أمام منزل العم وداعة، الحمد لله أن الناس ابتعدت بعض الأمتار في لمح البصر، فقد كنا كلنا على الأرض عندما سقطت قذيفة كاتيوشا في شجرة النيم التي يوجد تحتها مبرد المياه، لم يصب أحد في جسمه، ولكن أصبنا جميعًا بالذعر والقلق. أصبحنا قلقين؛ فكل منا كان يشعر بالتهديد، وكان صدى القذيفة ما زال يسمع.

كانت الأفكار تتدفق إليَّ، "زوجتي، حبيبتي، أمي هل هم بخير؟ كم من قذيفة سقطت عشوائيًا؟ الأطفال، يا للهول!" توجس وقلق ما زال يعتريني، فقد أصبحت أكثر انعزالًا وأعاني من أضرار نفسية حتى اليوم، لم أعد أنام دون منوم وفقدت شهيتي.

وصل مولد الكهرباء وبدأت رحلة البحث عن الوقود، قبل ساعة كان سعر جالون البنزين 2400 جنيه سوداني، فجأة وبدون أي سابق إنذار أصبح بسعر 12000 جنيه سوداني الآن! في الأبيض، وصل سعر الجالون إلى 50000. نعم إنه الجشع، في قرارة نفسي، كنت موقنًا بأن الذين يستغلون حاجة الإنسان في مثل هذه الأوقات سيكونون حريصين على ألا تنتهي، وسيصنعون الحرب مستقبلاً.

أدرت دراجتي النارية وصرت أتجول بحثًا عن البنزين، وفي نهاية اليوم حصلت على زجاجة بلاستيكية بسعر جالونين، أما دراجتي، فقد سرقت بعد إسبوعين، ولكنني شاكرٌ وممنون لها على ما قدمته، وكذلك دفار حبنا الذي كنت أسميه كذلك لزوجتي لأننا

اشتريناها مـن جهـد وتعب وقيمتـه معنويـة وليسـت ماديـة، ولكن فقدنا الروح، فقدنا الوطن ناهيك عن فقدان المال.

بعـد أربعـة أيام، بينمـا كنـت أراقب الوضـع العـام، كان إطلاق النـيران أقـل كثافـة، ولكنـه لـم يتوقـف، لـم أخـبر سـوى ابـن خـالتي حذيفة غبوش، المحامي الـذي كان مستشارًا لشركة محترمة، وهو الآن يعمل في محطـة بنزين بمدينة عطبرة بكل فخـر، أيضًا أخبرت أخي الصـغير خطـاب، كان الحـديث كالتـالي: شـوف يا خطـاب، أنا ماشي بري.

وهـو حي سـكني مـن أحيـاء الخرطـوم- وبـالقرب مـن مطـار الخرطـوم الـذي كان يشـتعل تمامًـا، وبـالقرب مـن القيـادة العامـة للجيش، وفي الاتجاه الآخـر كان حي شرق النيل، وهـو مرتع الدعم السريع ومدخلهم لباقي المدينة، إذن بري بين المطرقة والسندان.

قال لي خطاب: سأذهب معك.

أخبرته: خطاب، لو مشيت بالموتر(الدراجة) دي خطورة، ولو في زول مات، أفضل أن أموت أنا بدلاً من أن نموت الاثنين أنا وأنت سوا.

هنا طأطأ خطاب رأسه وامتلأت عيناه بالدموع، ودعته وأخذت حقيبة بها تيشيرت وتريننج لا غير وتوكلت، كان هذا في الساعة الثانية عشرة ظهرًا، وفي الطريق... كانت كل العيون تنظر إليَّ باستغراب وتوجس، في ذلك الوقت كان الجيش قد أعلن الحظر لتحرك كل المركبات، وأعلن أنه سيستهدف كل ما هو متحرك. كنت كلما ذهبت خطوتين أسمع نداءً من المارة: «ياأخ، ما تمشي بالشارع دا، خطر!» فأعود أدراجي، استمر هذا الوضع وقد جبت كل أزقة وشوارع الخرطوم، كان الدعم السريع في كل مكان والجيش أيضًا كرقع الشطرنج، تجد في شارع دعمًا والذي يسبقه أو يليه جيش.

وهذا أمر يصيبني بالاستغراب، المهم... وبعد عناء من التفكير والتخبط في الأزقة والأفكار، وبين تأثير الصيام على الجسد، تمكنت

أخيرًا من الوصول إلى المنزل بحمد الله، وفي اللحظة التي وصلت فيها إلى الباب، كانت تقف هناك... فاتنتي الجميلة، التي كنت أفكر فيها طوال الوقت.

لم أستطع أن أصدق أني قد نجحت في الوصول إليها سالمًا، رغم كل المخاطر التي واجهتها. كانت مشاعر الفرح والارتياح تغمرني عندما رأيت ابتسامتها، حضنتها بقوة وكأنني أخشى ـ أن أفقدها مرة أخرى، لم يكن يهمني شيء في تلك اللحظة سوى أنها بخير وأنني بجانبها.

لكنني كنت أدرك جيدًا أن الخطر لم ينته بعد، وأن الأيام القادمة قد تحمل لنا المزيد من التحديات، كان لا بد لي من التفكير في الخطوة التالية، من أجل حماية عائلتي وتأمينهم في ظل هذه الظروف الصعبة.

العودة إلى حي السجانة كانت تتطلب الشجاعة والخطة المحكمة، خاصة وأنني كنت أحمل على عاتقي مسؤولية كبيرة تجاه أسرتي.

انطلقنا سويًا في تلك الرحلة الشاقة، حيث لم يكن الأمر سهلا، كان التنقل عبر المدينة يتطلب الكثير من الحذر واليقظة، وكل خطوة كانت تحمل في طياتها خطرًا جديدًا، لكن كلما اشتدت الصعوبات، كانت عزيمتي تزداد قوة.

في تلك اللحظات، كنت أفكر في عائلتي الكبيرة، في والديَّ وإخوتي، وفي كل من أحبهم وأخشى عليهم. كنت أشعر بالضغط النفسي الكبير، خاصة مع انقطاع شبكات الاتصال وعدم قدرتي على الاطمئنان عليهم، كان مجرد سماع الأخبار من التلفاز يزيد من قلقي وحزني.

لكن رغم كل ذلك، لم أفقد الأمل؛ كنت مؤمنًا أن هذه الأزمة ستمر، وأننا سنتجاوزها معًا، مهما كانت التحديات، كنت أبحث عن أي بصيص من الأمل، أي فرصة يمكن أن تساعدنا على الصمود والمضي قدمًا، كان لديَّ إيمان قوي بأن الحب والمسؤولية هما ما سيقودني في هذه الرحلة، وأنني سأتمكن من حماية أسرتي مهما كان الثمن.

الحياة في المخيمات

كانت الشمس قد بدأت تغيب خلف الجبال الضخمة التي تحيط بتلك المساحة القاحلة التي توقفت فيها العربة، المكان كان مريبًا، الجبال العالية تحاصرهم من كل جانب، وتبدو كأنها جدران عظيمة تشهد على تلك الرحلة المليئة بالمخاطر، كانوا جميعًا في "التخزينة" - مكان يستخدمه المهربون ليختبئوا به من حرس الحدود- وهي مساحة جرداء بين جبال ضخمة تشكلت عبر الزمن بشكل مخيف، الرياح تعصف بالرمال، وتصدر صوتًا يشبه الهمس، كأن الأرض نفسها تروي قصصًا قديمة عن المعاناة والخوف.

كانوا قد قضوا خمسة أيام في التخزينة، حيث أُجبروا على البقاء وسط هذا القفر الواسع، يعانون من نقص الطعام والماء، قبل وصولهم إلى هنا، قضوا خمسة أيام أُخر في رحلة شاقة، انطلقوا من سوق سيدون بالقرب من مدينة عطبرة، كان سوق سيدون عبارة عن مجموعة من الرواكيب البسيطة التي تستخدم كقهاوي ومطاعم واستراحات للعمال الذين يعملون في مناطق

تعدين الذهب، من هناك شـقوا طريقهم عبر الصـحراء، يتعرضون لكل أنواع الصعاب، حتى وصلوا إلى التخزينة، المكان الذي جمعهم في معاناة واحدة.

كان هناك 31 شخصًا مكتظين في عربة بوكس واحدة، بينهم أطفـال ونسـاء وكبار سـن، بعضـهم مربـوط بالحبـال ليمنعـوا مـن السـقوط أثناء الرحلة الوعرة عـبر الصحراء، كانوا قد مضـوا يومين دون أكل، مكتفـين بشـرب مـاء ملـوث بالبقايـا القليلـة مـن البـنزين، الآن... كانوا يحاولون إعداد وجبة بسيطة من العصيدة والعـدس، وهي كل ما تبقى لهم.

بينما كانوا ينتظرون نضج الطعام، جلس الطبيب على الأرض بجانب العربة، وبدأ يسرد قصصه عن المخيمات التي عمل فيها، كانت الكلمات تتدفق منه وكأنها محاولة للهروب من الواقع المرير الذي يحيط بهم.

- أتعلمون؟ عندما اندلع النزاع في أبريل 2023، كنت أعمل في أحد أكبر مخيمات النازحين في كردفان - إحدى ولايات السودان- كانت الأوضاع هناك أشبه بالجحيم على الأرض،

عشرات الآلاف من الناس، معظمهم من النساء والأطفال، يتكدسون في مخيمات لا تتوفر فيها أدنى مقومات الحياة، أذكر في أحد الأيام، جاءت إلينا امرأة تدعى عوضية، كانت في شهرها التاسع من الحمل، لم يكن لدينا طبيب ولا ممرضة، فقط بعض المعدات البسيطة التي بالكاد تكفي لتضميد الجروح، وضعت عوضية طفلها تحت خيمة بالية، كانت تصرخ من الألم، ولكن لم يكن هناك من يساعدها... تلك اللحظة كانت قاسية، حيث كنا نعمل بأيدينا العارية، نحاول فقط إبقاءها على قيد الحياة.

توقف الطبيب للحظة ليتنفس بعمق، ثم تابع: لكن كانت هناك حالات أصعب... أماني، امرأة في الثلاثين من عمرها، تعرضت لعسر ولادة شديد بسبب ختانها الذي تم بطريقة غير صحيحة، المخيم كان يفتقر إلى أي تجهيزات طبية يمكن أن تنفذها، مع مرور الساعات، تدهورت حالتها بشكل خطير، حاولنا بكل ما في وسعنا، ولكن لم يكن لدينا سوى أدوات بدائية، ولم تصل المساعدة إلا بعد فوات الأوان تقريبًا، أماني خضعت لعملية جراحية بسيطة

تحت ظروف قاسية، ولكن طفلها ولد ضعيفًا للغاية، كان يبكي بهدوء، وكأن الحياة تودعه قبل أن تبدأ.

كانت الرياح تعصف حولهم، حاملة معها رمال الصحراء الباردة، الجميع كانوا يستمعون بصمت، مشغولين بتخيل تلك المشاهد القاسية التي يرويها الطبيب.

- أما فاطمة، فقد كانت أمًا شابة، لم تتجاوز العشرين عامًا، في أحد الأيام بينما كانت تعاني من آلام المخاض، حاولت جاهدة أن تبقي أطفالها الآخرين هادئين، ولدت طفلها في ظروف شديدة الصعوبة، دون أي دعم طبي، كان الطفل يعاني من مشاكل صحية بسبب نقص الرعاية، ولم يصمد طويلًا... مات بين ذراعيها بعد ساعات قليلة من ولادته، تلك اللحظة كانت مؤلمة للغاية، النساء في المخيم تجمعن حولها، حاولن تهدئتها، لكن ما من شيء كان أن يعوض فقدانها، كل ما كان بإمكانهن فعله هو البكاء معها، بينما كانت الشمس تغرب على ذلك اليوم الحزين.

كانت العصيدة قد بدأت في الغليان، ورائحة العدس تملأ الهواء. لكن القصص التي كان يسردها الطبيب جعلت الجو ثقيلًا بالحزن.

- ولن أنسى أبدًا العم "عباس".

تابع الطبيب بنبرة مشوبة بالأسى:

- كان تاجرًا ناجحًا في الخرطوم، رجلًا ذا سمعة طيبة وثراء كبير، عندما اندلعت الحرب، اضطر لترك منزله وكل ما يملك وراءه، توجه إلى مدينة مدني مع أسرته، على أمل أن يجد هناك بعض الأمان، لكن مدني نفسها لم تكن في مأمن، قوات الجنجويد اجتاحت المدينة، وعمت الفوضى، في هذه الأوقات العصيبة، لم يكن أمام العم عباس خيار سوى جمع ما تبقى له من أموال وأغراض، ولكنه واجه فقدانًا كاملًا لكرامته وموارده، كانت المدينة مليئة بالفوضى، وأصبح العم عباس ضحية لسرقة ممتلكاته ومصادرة أمواله، وإلى جانب معاناته من الفوضى، كان العم

عباس يعاني من مرض الفشل الكلوي، كونه يحتاج إلى غسيل كلى مرتين في الأسبوع، كان من الصعب عليه الحصول على الرعاية الطبية اللازمة، مع عدم توفر مرافق صحية ملائمة، أصبح وضعه الصحي يزداد سوءًا، كان يتنقل من مكان إلى آخر، سعيًا للحصول على العلاج الذي لم يكن متاحًا، في النهاية، وبدون علاج كافٍ، تأزمت حالته الصحية، عاش العم عباس أيامه الأخيرة في حالة من الألم والفقدان، بينما كان يواجه محنة النزوح والمرض دون أي دعم، توفي العم عباس في مدينة مدني، وقد ذاق طعم الفقدان والضعف بعد أن فقد كل شيء كان يملكه.

كانت كلمات الطبيب تترك أثرًا عميقًا في نفوس الجميع، المشهد حولهم... الجبال المخيفة، الرياح الباردة، والمكان القاحل الذي وجدوا أنفسهم فيه، كلها كانت تعكس قسوة ما سمعوه، بعد أن أنهى الطبيب حديثه، بدأ الجميع في تناول العصيدة والعدس بصمت، كانوا يشعرون أن تلك القصص ليست مجرد حكايات، بل واقع يعيشونه هم أيضًا في رحلتهم عبر هذه الصحراء القاسية.

بعد خمسة أيام من بقائهم في التخزينة، بدأوا رحلة جديدة... البوكس كان يشق الغبار، متجهًا صوب مدينة أسوان المصرية، مع أمل ضعيف في الوصول إلى بر الأمان، كانت الرحلة طويلة مليئة بالمخاطر والآمال المتضاربة، ولكن لم يكن أمامهم خيار سوى الاستمرار في التقدم، حتى يتمكنوا من العثور على ملاذ يقيهم شر الصحراء... ووحشية النزاع.

الآثار النفسية للنازح السوداني..

من الرفاهية إلى الصحراء...مشهد من زمن مضى

في أحـد الأيـام الـتي لا تُنسى.. كان يوسـف يتجـول داخـل منزله الفسيح في الخرطوم، يستمتع بأشـعة الشمس الذهبية التي تسللت من خلال النوافذ الكبيرة، كان يعيش حياة مريحة مع عائلته، تمتاز بالاستقرار والطمأنينة، كل ركن من أركان المنزل كان يعكس سنوات من العمل والجهد، كانت الرفاهية تتجسـد في كل زاوية من الأثاث الفاخر إلى الحديقة الخضراء التي كانت تُزهِر بألوان الحياة.

لكن هذا المشهد الجميل تبدد سريعًا مع بداية النزاع، يومًا بعد يـوم، أخـذت نيران الحـرب تلتهم كل مـا كان يمتلكه يوسـف، قـرر مغادرة منزله لحماية عائلته، واتخذ الطريق إلى المخيمات في رحلة لـم يكـن يعلـم نهايتهـا، وحينمـا وصـل إلى المخـيم، وجـد نفسـه في صحراء قاحلة، محاطًا بالخيام البالية والأمل الذي تلاشى مع كل خطوة.

التحول المأساوي

في المخيم، يجلس يوسف على سجادة ممزقة تحت خيمة تفتقر إلى أبسط مقومات الراحة، أنفاسه قصيرة، وقلبه يعتصره الحزن. كلما نظر إلى الأطفال الذين كانوا يلعبون في حديقة منزله ذات يوم، يتذكر كيف كانت الحياة مختلفة، بينما كان يجلس مع عائلته، كانت كل وجبة تُعد بتقدير وحب، واليوم لا يعرف من أين سيأتي بلقمة يومه، الألوان التي كانت تحيط به قد زالت، واستبدلت بظلال رمادية من الهموم والفقر.

لقد فقد يوسف كل ما كان يعرفه المنزل الجميل الآمن، والاحترام الذي كان يتمتع به في مجتمعه، الآن... أصبحت المخيمات موطنه الجديد، حيث يعاني من نقص الغذاء والماء والدواء. ذكرياته عن أيام الرفاهية تعود كطعنة في القلب، تزيد من معاناته.

الصراع الداخلي والأمل

الصراع الداخلي الذي يعاني منه يوسف يزدهر في أعماقه. يحاول مقاومة الشعور بالهزيمة، لكن الألم الذي يشعر به يحطمه شيئاً فشيئا، التوتر والقلق يلاحقانه، ويتزايد شعوره بالقلق حول عائلته ومستقبلهم، كل لحظة تمر عليه في المخيم تؤكد له حجم الفجوة بين الحياة التي كان يطمح إليها والحياة التي يعيشها الآن.

ومع ذلك، يبقى الأمل هو الضوء الوحيد في الظلام، يحاول يوسف أن يجد القوة في عائلته، ويستمد القوة من قلوبهم الصامدة. في أعماق نفسه، يسعى إلى لم شملهم مع مجتمعهم القديم، ويأمل في العودة إلى حياته السابقة، ولكن هل تعود؟

دور التكاية في دعم النازحين

في وسط هذه الأوقات الصعبة، كانت التكاية تلعب دورًا حيويًا في حياة يوسف والعديد من النازحين، أصبحت التكاية مركزًا مهمًا لتوزيع الغذاء والضروريات الأساسية، حيث كانت تقدم المساعدة للفقراء والمحتاجين، كان يوسف يعتمد على التكاية بشكل كبير، حيث كان يتلقى منها ما يعينه على تجاوز قسوة الأيام.

كانت التكاية تعمل بلا كلل، تجلب الطعام والماء إلى المخيمات، وتوزع المساعدات بانتظام، عُرف المتطوعون بالجهود العظيمة التي يبذلونها، وكان كل شخص يعتمد على الآخر في توفير لقمة العيش والراحة، كانت هذه الجهود مصدرًا للأمل، وكان يوسف يشارك الآخرين في صبرهم ومعاناتهم، بينما يتلقى الدعم الذي يسهم في بقائه على قيد الحياة.

قصص شجاعة السودانيين من الصمود إلى التكافل

«خضر بائع الخضار: ذكريات الوطن والفقد»

في ســوق أبـو حمامـة - أحـد أسـواق الخرطـوم القديمـة - كان خضرـ بـائع الخضـار المعـروف، يرتـدي جلبابًـا بسـيطًا، وعينـاه تعكسان عزيمته الصلبة وحنينه إلى الماضي، كان يبيع الخضار بكل حب، مشـغولًا دائمًـا بتقديم الأفضل لزبائنه، لكنه كان يحمـل في قلبـه ألمًـا كبيرًا لا يعرفه الكثيرون، فقد فَقَدَ زوجته حسـنة، التي كانت لـه السـند والعـون، والتي توفيـت جـراء سـقوط قذيفة أثناء انتظارهـا في صـف الخـبز، فقدت الحياة لونهـا بعـد تلك الحادثة، وتركت لخضر مهمتين: تربية ابنتيه وتعليمهما. كان خضر يشتاق إلى منزله القديم في أبو حمامة، ذلك المنزل الذي يضم "الأوضة" ذات العـرش البلـدي المبنيـة من الطين، التي كانت تذكّره بالجـذور والهوية... كان يحـن إلى عنقريبه، ذلك السرير التقليدي الذي كان ينام عليه بجوار زوجته، يختلط فيه نسيج الماضي بالحاضر، وفي الحـوش المزروع بالخضروات، كان خضر يجد سـعادته، حيث كانت كل نبتة وكل زهرة تحكي قصة عمله وحياته السابقة.

التحول إلى حياة المخيم

في مخيم الدويم، كانت حياة خضر قد تغيرت بشكل جذري؛ كان يعيش في خيمة بسيطة، مع بناته اللاتي أصبحت حياتهن مرتبطة بشدة بواقع النزوح، كل يوم كان يتذكر كيف كانت الأمور أفضل في الماضي، وكان قلبه يعتصره الألم وهو يراقب بناته يجلسن في ظل الخيمة، بعيدات عن مدارسهن، كان يرى في عيونهن أسئلة عن المستقبل، عن الحياة التي فقدنها.

في ليالي المخيم الباردة، كان خضر يتذكر أيامه القديمة، كيف كان يعطي بناته مصروفهن من عائد بيع الخضار، وكيف كان يراقبهن في طريقهن إلى المدرسة بفخر وأمل، الآن... بينما ينظر إلى الخيمة يشعر بالعجز، لكنه لم يفقد أمله في أن تعود ابنتاه إلى التعليم، إلى حياة أفضل.

«قصة حسن: المغترب الذي يعيش بين الحلم والواقع»

في السـعودية، كان حسـن يعيش حياة مريحة نسبيًا مع زوجته ليلى وبناته الثلاث، كان قد انتقل إلى المملكة قبل بداية الحرب، وترك خلفه عائلته الكبيرة في السودان، بما في ذلك والدته ووالده وأخواته، كان حسـن يشـعر بقلق دائم بشـأن عائلته في السـودان، حيث كانت الحرب قد قطعت التواصل معهم، رغم أنه كان يعمل بجد لتأمين حياة كريمة لأسرته الصغيرة، إلا أنه كان يشـعر بالعجز تجاه أصدقائه وعائلته في السـودان، الذين كانوا يواجهون صعوبات هائلة.

كلمـا تذكر حسـن تلك الأوقـات الـتي كان يقضيها في المـنزل القديم في السودان، كان قلبه يعتصره الحزن، كان يذكر كيف كان يساعد والدته في زراعة الحديقة، ويشعر بالفخر عندما يراها مليئة بالخضروات الطازجة، الآن... بينما يعمل في السـعودية، كان يشـعر بالفراغ الذي خلفته الحرب، وكان يأمل في أن يتلقى أخبارًا جيدة عن أسرته.

في ظـل الأزمـات، لـم يقتصر ـ التكاتف عـلى حسـن فقـط، بـل شـمل الكثير مـن السـودانيين، فقـد سـعى حسـن بجهـده وإمكاناتـه المتاحـة لمسـاعدة عائلته في السـودان رغـم التحديات؛ كان يرسـل الأمـوال قدر المسـتطاع، يحـاول تقليل معاناة أسـرته، ويشـعر بالأمل في أن يـأتي اليـوم الـذي سـيتمكن فيـه مـن إعـادة لـم شـمل عائلتـه، وتقديم الدعم لمن يحتاجه.

الجهود المستمرة والتكافل

في المخيمات والمجتمعات المتضررة، لم يقتصر التكاتف على جهود الأفراد فقط، بل شمل دعمًا واسع النطاق من المنظمات والمبادرات الخيرية، كان هناك جهود منسقة لتوفير الطعام والماء، وتوزيع الأدوية، وتنظيم الدعم النفسي والاجتماعي للمتضررين.

كانت المبادرات الفردية والجماعية تظهر بوضوح، تجوب فرق المتطوعين المناطق المتضررة، يجلبون المساعدات من أماكن بعيدة، وينظمون حملات لجمع التبرعات وتوزيعها، كانت الجهود المستمرة تعكس روح التعاون والتعاطف بين السودانيين، حيث كان كل فرد يساهم بما يقدر عليه لدعم الآخرين.

دور التكاية في دعم النازحين

وكانت التكاية بمثابة الضوء في نهاية النفق بالنسبة للعديدين، حيث أعطت النازحين شعورًا بالاستقرار وسط الفوضى، كان الدعم الذي تقدمه التكاية ليس مجرد مساعدة غذائية، بل كان أيضًا رمزًا للأمل والصمود في أوقات الشدائد، كان المتطوعون يبدون التزامهم الثابت بتحسين الظروف الحياتية للنازحين، ويعملون على تعزيز الروح المجتمعية.

كان يوسف يتلقى يوميًا حصصًا من التكاية، وهذه المساعدات كانت له بمثابة طوق نجاة، لم تكن مجرد طعام، بل كانت تعبيرًا عن المساعدة والدعم الإنساني الذي يربط بين الناس في أوقات الأزمات، مع كل حصة غذائية، كان يوسف يشعر بشعور من الامتنان والتقدير، ويجد القوة للاستمرار في مواجهة تحدياته اليومية.

الجهود المستمرة والتكافل: معاني الأمل والتعاون

في خضم الألم والمعاناة، برزت قصص الشجاعة والتكافل بين السودانيين بشكل واضح، كانت المجتمعات تتكاتف لدعم بعضها البعض، وتبادل الدعم بكل ما لديهم من موارد، عبر شبكات التواصل الاجتماعي، كانت المبادرات الخيرية والفعاليات الاجتماعية تجمع التبرعات وتنظم الحملات لتقديم المساعدة للمتضررين.

وكانت هذه الجهود المستمرة تعكس القوة الحقيقية للمجتمع السوداني؛ ففي كل مرة كان هناك محاولة لتحسين ظروف الحياة، كان هناك أيضًا إشارات للأمل والتفاؤل، من خلال تنظيم حملات تبرع للدم، وتجميع المواد الغذائية، وتوزيع الملابس، كان السودانيون يبرهنون على قدرتهم على تجاوز المحن وتحقيق التغيير الإيجابي.

«قصة حسن: الحلم والتحديات»

خلال فترة النزاع، كان حسن يسعى جاهدًا لتلبية احتياجات أسرته الكبيرة في السودان، بينما كان يعيش بين الأمل والقلق في السعودية، كان يحرص على إرسال الأموال التي يحصل عليها من عمله إلى عائلته ويتابع أخبارهم بقلق، في الأوقات التي كانت تنقطع فيها الاتصالات، كان حسن يشعر بعزلة، لكن عزيمته لم تتزعزع، كان يرسل ما يستطيع من دعم مادي، ويسعى إلى توفير الغذاء والأدوية لعائلته، رغم كل التحديات التي يواجهها.

كان يعيش بين ذكريات الوطن والأمل في العودة إلى حياة أفضل، وكانت قصته تجسد الإرادة الصلبة التي لا تستسلم، في الأوقات الصعبة، كان حسن يلتزم بالصبر، ويستمد قوته من الأمل في لم شمل عائلته وعودة الاستقرار إلى حياتهم.

خاتمة

من خــلال قصـص يوسـف وحسـن، يـتجلى واقـع الـنزوح والأزمات التي يمر بها السودانيون، تعكس هذه القصص التحديات والمصاعب التي يواجهها الأفراد والعائلات في ظل النزاع، ولكنها أيضًا تعكس روح المقاومـة والأمـل، ومـن خــلال دعـم التكايـة والجهـود المسـتمرة، يظـل التكافـل والمسـاعدة جزءًا أساسيًا مـن الحيـاة اليوميـة للنـازحين، ويمـنحهم القـوة للاسـتمرار في مواجهـة مصاعبهم.

كل قصة من هذه القصص، سواء كانت تتحدث عن شجاعة الأفراد أو جهود المجتمعات، تسلط الضوء على قدرة الإنسان على الصـمود والتعـاون في مواجهـة الأزمـات، وفي النهايـة تظـل قصـة السودان حكاية أمل وصمود، تروي لنا كيف يمكن للقوة الجماعية والدعم الإنساني أن تحدث فرقًا في أوقات الأزمات.

سين وجيم

عندما حان الوقت لعقد الجلسة، كان هناك نوع من التوتر العميق في الهواء، جميع الشخصيات التي عبرت عن معاناتها وألمها كانت في انتظار سماع إجابات على أسئلتهم الملحة، في خيمة كبيرة كانت تتسع لأعداد كثيرة، جلس اثنان من العسكريين بزيين مختلفين؛ الأول يرتدي زيًا أخضر الزيتون، والآخر يرتدي زيًا رماديًا داكنًا، أمامهم كانت مجموعة من الأشخاص الذين حملوا أسئلتهم وأوجاعهم.

(مهيرة)، التي كانت تحمل في داخلها ألمًا عميقًا، نطقت أخيرًا وهي تنظر إلى العسكريين: ما هو ذنبي؟

الضابط الأخضر: الحياة ليست دائمًا عادلة، هناك ظروف تؤدي إلى ما حدث، وليست هناك إجابة سهلة على سؤالك.

الضابط الرمادي: نحن هنا لنحاول إيجاد حلول، لكننا لا نستطيع تغيير الماضي، يجب أن تواصلي المضي قدمًا رغم الألم.

ثم نظر (خضر) إلى الضابطين، قائلاً: لماذا قُتلت زوجتي؟

الضابط الأخضر: الموت جزء من الصراع الذي نعيش فيه، وهذا ليس مبررًا لما حدث، لكن الحرب تحمل معها الكثير من الألم والموت.

الضابط الرمادي: كل موت هو خسارة، ولا يوجد سبب واحد يفسر كل شيء، الحرب لا تميز بين أحد.

سأل (يوسف)، وهو يملؤوه الحزن: لماذا فقدت بيتي؟

الضابط الأخضر: الدمار الذي يحدث ليس مقصودًا دائمًا، لكنه نتيجة للصراع المستمر والصراع على الأرض.

الضابط الرمادي: الخسارة جزء من الحروب، والأشياء لا تسير كما نرغب، نحن نعمل على المساعدة بقدر الإمكان.

حسن الذي كان يحمل همومًا ثقيلة، سأل: لماذا يحدث هذا لأهلي؟

الضابط الأخضر: الأوضاع التي يعيشها الناس تتأثر بالكثير من العوامل، بعضها ليس في يدنا، وبعضها مرتبط بالصراع الكبير.

الضابط الرمادي: الحقيقة هي أن الحرب تؤثر على الجميع بشكل مختلف. الأهل يعانون كما يعاني الآخرون.

وأخيرًا، جاء الطفل الرضيع الذي فقد أمه أثناء الولادة، وسأل بصوت بريء: لماذا ماتت أمي أثناء ولادتي؟

الضابط الأخضر: الأطفال ليسوا مسؤولين عن الأوضاع، لكننا نأسف لما حدث، ونحاول تحسين الوضع لأجلكم."

الضابط الرمادي: الأمر مؤلم للغاية، ولا توجد كلمات كافية لشرح فقدان الأم، ما يمكننا فعله هو تقديم المساعدة قدر الإمكان.

لكن فجأة... بدأ التوتر بين العسكريين يتصاعد، تبادل الضابطان النظرات الحادة، وارتفع صوتهما بينما كانا يتجادلان حول المسؤولية واللوم، سرعان ما تحول النقاش إلى اشتباك، حيث بدأ الضابط الأخضر في إطلاق النار على الضابط الرمادي، الذي رد عليه بالمثل، تبادل الطرفان إطلاق النار وسط صرخات وصدامات، مما زاد من الفوضى في الخيمة.

تدافع الناس من حولهم، وهرعوا للخروج من الخيمة في حالة من الذعر، أخذ الجميع يركبون البوكس، تاركين خلفهم ساحة المعركة الصغيرة التي خلفها القتال، بدأ البوكس في السير، محملًا بتراب الغبار الذي ارتفع خلفه، وهو يشق طريقه بعيدًا عن منطقة الاشتباك.

بينما كان البوكس يغادر، كان صوته يرتفع في الهواء محملًا بالوعد بحياة جديدة في المستقبل، بعيدًا عن القتال والدمار، كان الجميع ينظرون إلى الخلف، متمنين أن يكون الغد أفضل من الحاضر، وأن يجدوا بعض الأمل في صحراء معاناتهم

من بين الرماد... ننهض

معليش (وهي تعني في العامية السودانية أسف أي كمواساة)

معليش على الجراح العميقة التي لا تلتئم.

معليش على الدموع التي سالت حتى جفت، وعلى الأرواح التي غابت عنا في غمضة عين.

معليش على الأحلام التي تكسرت تحت وطأة هذا الألم، وعلى الآمال التي تبددت في ضباب الحرب.

أعلم أن الكلمات لا تقدر على تضميد تلك الجراح، ولا يمكنها أن تعيد ما ضاع، ولكن وسط هذا الحزن الثقيل، وسط هذا الدمار الذي يعصف بنا، نحن بحاجة لأن نتذكر أن الحياة لم تنتهِ بعد، نحن هنا رغم كل شيء، ما زلنا نقف على أرضنا، نحمل في قلوبنا إرثًا من الصمود والكرامة. قد يبدو الفرح بعيدًا، مستحيلًا حتى، لكن الحياة، مهما كانت قاسية، تستحق أن نحاول مرة أخرى، ليس لننسى. من فقدناهم، ولكن لنكرم ذكراهم، لأننا عندما نحاول أن نجد الفرح، فإننا نعلن للعالم ولأنفسنا أننا ما زلنا أحياء، ما زلنا نستحق الحياة.

أدري أن الفرح ليس شيئًا نطلبه بسهولة، ولا نطالب به قلوبًا مثقلة بالفقد، لكن فلنجرب ولو للحظة أن نبحث عن بصيص من الضوء في هذا الظلام، أن نجد في كل يوم مهما كان صعبًا، سببًا صغيرًا لنبتسم.

معليش، لكن إذا لم نحاول أن نجد الفرح، حتى لو كان مجرد محاولة، فإننا نخسر ما تبقى لنا من إنسانيتنا، هذه ليست دعوة لتجاهل الألم، بل دعوة لنعيش رغم كل شيء، لأن الحياة رغم قسوتها تمنحنا دومًا فرصة جديدة، لنبني من رماد الماضي شيئًا جميلاً، لنبعث في قلوبنا الدفء مرة أخرى.

فلنحاول... ليس لأن الفرح سهل المنال، ولكن لأننا نستحق أن نحاول... لأننا ما زلنا هنا، وما زلنا نستحق الحياة.

في يوم 21 فبراير من العام 2021، كان الجو غائمًا بفعل فصل الخريف الذي يُضفي على المدينة هدوءًا وتأملًا، كما لو أن السماء تستعد لاستقبال شيء عظيم، الطاهر الذي كان في طريقه إلى لقاء أصدقائه على ضفاف النيل، لم يكن يعلم أن هذا اليوم سيغير حياته بالكامل، الطاهر كان يعيش حالة من البؤس والتخبط، حياته كانت تسير في خط مستقيم روتيني وممل، يستيقظ باكرًا كل يوم، يذهب إلى المدرسة ليؤدي عمله كأستاذ، ثم يعود إلى منزله ليقضي الساعات القليلة بين النوم والاستعداد لعمله المسائي.

في المساء... كان يتوجه إلى مكتبته، تلك التي أسسها وجعلها ملتقى للمثقفين والفنانين، حيث تقام بها الفعاليات والمنتديات، لكن تلك المكتبة لم تكن تملأ فراغه النفسي؛ كان يشعر بالغربة في وطنه، ويحمل في قلبه كرهًا مستترًا للحكومات المتعاقبة، حتى أنه اعتاد على زيارة الحاجة حواء المحروقة، التي كانت تبيع الخمر المصنع محليًا، والمعروف في السودان باسم "العرقي"، كان يشتري منها زجاجتين كل مساء، ثم يتوجه إلى مكتبته ليمارس عمله وهو ثمل، يسخر من السودان ومن حكوماته التي لم تمنحه إلا الخيبة، في ذلك اليوم وبينما كان الطاهر ينتظر أصدقاءه على ضفة النيل، شاهد فتاة غاية في الجمال تسير باتجاههم، كانت الفتاة صديقة لخطيبة عثمان، أحد أصدقاء الطاهر الذين كانوا مجتمعين في ذلك اليوم، عرّفه عثمان عليها بأنها سلمى، طبيبة شابة تعمل في أحد مستشفيات الخرطوم، شعر الطاهر بشيء يختلج في قلبه، إحساس لم يعهده من قبل، وكأن تلك الفتاة هي الحلم الذي طالما بحث عنه في كل علاقاته السابقة، دون أن يجده، بعد أن عاد إلى منزله في ذلك اليوم، كان الطاهر مختلفًا تمامًا عما كان عليه في الصباح. شعر بسعادة لم يشعر بها منذ زمن بعيد، كأن الحياة قد منحت له فرصة جديدة، تذكر الطاهر أول مرة اشترى فيها دراجة (عجلة) حينما كان طالبًا في المدرسة، وكيف أن تلك اللحظة كانت واحدة من أسعد لحظات حياته، لكنه الآن وبعد لقاء سلمى... شعر بسعادة أكبر، وكأن تلك اللحظة تفوق كل ما عاشه من قبل، في طريق عودته إلى

المنزل، توقف كعادته عند حواء المحروقة، لكنه هذه المرة لم يكن يبحث عن الخمر فقط، بل عن كلمات ليغازلها، قال لها بكل لطف وهو يغمز: أديني قزازة يا صانعة معنى السعادة.

ضحكت حواء ضحكة ماجنة وقالت: الليلة يا أستاذ، أنت سكرت قبل تشرب!

وضمت جلبابها عليها لتبرز مفاتنها، أخذ الطاهر الزجاجتين وغادر، لكنه لم يكن يفكر في الخمر بقدر ما كان يفكر في سلمى، وصل الطاهر إلى مكتبته وهو يدندن ويغني طربًا، كان يشعر بأن روحه أخف من الهواء، وكأنها تتحرك بحرية في عالم من الأحلام، فكر كيف يمكنه أن يتعرف على سلمى بشكل أفضل... خطرت له فكرة أن يتصل بعثمان، لكنه تذكر أن عثمان غير قادر على كتم الأسرار، تمتم لنفسه بعد أن تجرع كأسًا طويلًا من العرقي:

- والله عثمان دا الفولة ما بتتبل في خشموا...

وضحك... حينها خطرت له فكرة البحث عن سلمى على فيسبوك، جلس أمام حاسوبه وبدأ في كتابة اسمها بالعربية، ثم بالإنجليزية، وحين لم يجدها، بحث عن كيفية كتابة اسم "سلمى" بالفرنسية، وبعد الكثير من المحاولات... وأخيرًا وجد ضالته، كانت هي جنته ونعيمه، تظهر أمامه على الشاشة، لكنه لم يستطع أن يضغط على زر إرسال طلب الصداقة، جلس يتنهد ويقول لنفسه

«هييييه والله يا سلمى، أنتِ دايرة جالون» (الجالون وهو إنا بلاستيكي لتعبئة زيت السيارات) وضحك من جديد.

مـر يـوم ويـومين وثلاثة، والطاهر لـم يرسل طلب الصداقة لسلمى، في تلك الأيام الثلاثة، لم يذهب إلى حواء، فقد توصل إلى أن سلمى هي الثمالة التي يحتاجها، هي المخدر الحقيقي لأوجاعه. في اليـوم الرابـع، تملكـت الطـاهر الشـجاعة أخيـرًا وأرسـل طلب الصداقة، لكنه ظل ينتظر بلا جدوى، فسلمى لـم تقبل إضافته كصديق، مر أسبوع وأسبوعان... ولم يحدث شيء، وفي أحد الأيام، بينما كان هناك حفل غنائي في مكتبة الطاهر، سمع أغنية قديمة يقـول مطلعها "قلبي هام مالو، خديدك وجمالو، معـذب في هـواك مالو"، لم يتمالك الطاهر نفسه، شعر بأن قلبه يخفق بشدة، حتى تصبب عرقًا وكاد أن يختنق كما الغريق، أخرج هاتفه المحمول وبدأ في تصفح صفحة سلمى على فيسبوك، وهنا كانت المفاجأة، وجد رقم هاتفها ضمن معلومات الاتصال! توقف الزمن بالنسبة للطاهر في تلك اللحظة، كان الـرقم أمامـه ينبض بحيـاة جديدة لـم يكن يتوقعها، شعـر بأن حياته ستتغير إذا ما اتخذ الخطوة التالية، لكنه كان يعلـم أن هـذه الخطـوة قـد تكون بداية لشيء عظيم، أو ربما تكـون بداية لشيء مؤلم، ومع ذلك لم يتردد في التفكير طويلاً، كان يعلـم أن سـلمى هي مـا يبحـث عنـه منـذ سنوات، وأنها قـد تكـون المفتاح لخروجه من دوامة البؤس التي علق فيها.

الطاهر نشأ في أسرة كبيرة تتألف من سبعة أفراد، بينهم والدته حليمة، وإخوانه الاثنين محمد وأحمد، وأخواته الثلاثة فاطمة وسعاد وآمنة، كان والده قد توفي قبل عدة سنوات، تاركًا لهم إرثًا من القيم والكرامة، والدة الطاهر حليمة كانت امرأة قوية وصلبة، استطاعت أن تربي أبناءها وتعلمهم رغم الظروف الصعبة، كانت دائمًا ما تقول لهم «العلم هو السلاح الوحيد اللي ما بتقدر الظروف تكسرو»

محمد الأخ الأكبر كان نموذجًا للجدية والعمل الدؤوب، يعمل في التجارة ويساعد في دعم الأسرة، أحمد الأخ الأصغر كان طالبًا في الجامعة، معروفًا بطموحه وشغفه بالتكنولوجيا، أما الأخوات فاطمة وسعاد وآمنة، فقد كنّ يعملن في مجالات مختلفة، ولكنهن كنّ جميعًا مشغولات بدعم الأسرة والعناية بوالدتهن، على الجانب الآخر كانت سلمى تعيش مع أسرتها الصغيرة في منزل متواضع، يملأه الدفء والحب. والدها عبد الرحيم كان موظفًا حكوميًا متقاعدًا، رجلٌ ذو شخصية رزينة وهادئة، والدتها خديجة كانت ربة منزل، تكرس حياتها لرعاية أسرتها، سلمى كانت الابنة الوحيدة، ووالداها يعتبر أنها جوهرة المنزل، كان لها أخٌ واحد يُدعى وليد، وهو مهندس شاب، يعمل في شركة اتصالات، معروف بذكائه واهتمامه بكل جديد في مجاله، سلمى كانت دائمًا محط أنظار الجميع بجمالها الهادئ وأدبها، كانت تتميز ببشرة ناعمة كالعاج، وعيون سوداء واسعة تنعكس فيها أسرار الروح، شعرها الأسود الطويل كان

يتراقص مع الريح كأمواج البحر، بينما كانت ابتسامتها تحمل كل معاني النقاء والجمال، رغم جمالها الباهر كانت سلمى بسيطة وعفوية، لا تهتم بالمظاهر، بل كانت تهتم بالجوهر وما يحمله الشخص في قلبه وعقله، في ذلك اليوم الغائم، عندما التقى الطاهر وسلمى لأول مرة، لم يكن أحد منهما يعلم أن هذا اللقاء سيفتح الباب أمام قصة حب ستغير حياتهما للأبد، الطاهر الذي كان يعيش في حالة من الضياع والبؤس، شعر بأن سلمى هي النور الذي سيخرجه من الظلام، وسلمى التي كانت تعيش حياة هادئة ومستقرة، شعرت بأن الطاهر هو الشخص الذي كانت تبحث عنه، ليملأ حياتها بالحب والإثارة.

مع مرور الأيام بدأت العلاقة بين الطاهر وسلمى تتطور بهدوء، كانا يتحدثان عبر الهاتف لساعات طويلة، يتبادلان الأفكار والأحلام، كان الطاهر يجد في سلمى المستمع الجيد، وكانت هي تجد فيه الشخص الذي يمكن أن تعتمد عليه في كل شيء، ومع ذلك كان هناك شعور دائم بالخوف والقلق يسيطر على الطاهر. كان يخشى أن تفقد سلمى اهتمامها به إذا اكتشفت الجانب المظلم من حياته، وكيف كان يعيش قبل أن يلتقي بها، لكن سلمى بذكائها وحساسيتها، كانت تدرك أن الطاهر يحمل في قلبه جراحًا لم تندمل بعد، كانت تحاول بكل ما تستطيع أن تملأ حياته بالحب والطمأنينة، وكان ذلك يجعل الطاهر يشعر بأنه وجد أخيرًا

الشخص المناسب الذي يمكن أن يشارك معه كل تفاصيل حياته، دون خوف أو تردد، ومع اندلاع الحرب في السودان، بدأت الأمور تأخذ منحى جديدًا في حياتهما، الأسر تفككت والأمان أصبح شيئًا من الماضي، لكن الحب الذي جمع الطاهر وسلمى كان أقوى من كل التحديات، قررا أن يتزوجا رغم الظروف الصعبة، وأن يكون حبهما هو السلاح الذي يواجهان به قسوة الحياة.

في ذلك الوقت الذي كانت فيه الحرب تلتهم كل شيء في طريقها، اضطرت أسرة الطاهر إلى اتخاذ قرار صعب، فقد كانوا قد عادوا إلى قريتهم الصغيرة في ولاية نهر النيل، حيث ترعرعت والدته حليمة ووالده الراحل، هناك... بين النيل وحقول الزرع، كانوا يعيشون حياة بسيطة، لكن الحرب لم تترك لهم خيارًا سوى النزوح مرة أخرى، مع اشتداد المعارك واقترابها من قريتهم، لم يجدوا مناصًا من الهروب إلى مدينة كسلا بشرق السودان، حيث كانوا يأملون في إيجاد بعض الأمان، ولكن مع الوصول إلى كسلا، اكتشفوا أن الأمان الذي كانوا يبحثون عنه مجرد وهم، لقد فقدوا كل شيء خلال رحلة النزوح الشاقة، وبالكاد تمكنوا من النجاة بأنفسهم، استقروا في أحد معسكرات النازحين، حيث كان العيش أشبه بالكابوس، لم تكن الحياة في المعسكر سهلة، ولكنها كانت الطريقة الوحيدة للبقاء على قيد الحياة، في تلك الأثناء كانت سلمى تعيش تحدياتها الخاصة؛ بعد اندلاع الحرب غادرت مع أسرتها إلى مدينة بورتسودان، التي كانت تفتقر إلى الراحة والأمان؛ كانت بورتسودان

معروفة بمناخها القاسي، حيث الحرارة العالية والرطوبة الشديدة تجعل الحياة هناك صعبة، وكانت خديجة والدة سلمى، تعاني من مرض السكري منذ أكثر من عشرـ سنوات، مما زاد من معاناتها في تلك الظروف الصعبة. قبل الحرب بفترة قصيرة، كانت قد فقدت ساقيها بسبب مضاعفات المرض، ووجدت نفسها عاجزة عن التكيف مع الحياة في بورتسودان، قرر عبد الرحيم والد سلمى، أنه لم يعد بإمكانهم البقاء هناك، كان قد قضىـ سنوات طويلة في السعودية خلال فترة شبابه، حيث أسس منها بالسودان منزلاً وبعض الاستثمارات التي كانت تضمن لهم حياة كريمة، لكنه لم يكن يعلم أن الحرب ستأتي على كل شيء في لحظة واحدة، وتدمر كل ما بناه، ومع ذلك قرر العودة إلى السعودية، حيث يمكنه تأمين حياة أفضل لأسرته، سافر والدا سلمى وأخيها وليد إلى السعودية، حيث كان الأمل الوحيد لهم في الهروب من جحيم الحرب.

أما سلمى فقد قررت البقاء في السودان؛ كانت تعمل مع إحدى المنظمات التي تقدم المساعدات للنازحين في معسكرات النزوح، وكانت تشعر بأن دورها كطبيبة لا يسمح لها بالرحيل وترك الناس الذين يحتاجون إليها. لكنها كانت تعلم في أعماق قلبها أن ما يبقيها في السودان ليس فقط عملها، بل هو حبها العميق للطاهر.

يرن الهاتف: الو الو.

الطاهر: سلمى، عارف إن الحياة بقت صعبة جدًا، والحرب دي كانت قاسية علينا كلنا، لكن برضو ما لازم توقف حياتنا، صح؟

سلمى: صح يا طاهر، الحرب دي ما ح توقفنا، إحنا لازم نستمر ونبني حياتنا مهما كانت الظروف.

الطاهر: بالضبط، أنا شايف إنو لازم نتجاوز المحنة دي ونفكر في المستقبل... في زواجنا.

سلمى(تبتسم): أنا كمان شايفة كده، يا طاهر.

في أحد الأيام، كان الطاهر مع والدته في المعسكر عندما قدّم لها سلمى، التي كانت تعمل كمتطوعة هناك، الطاهر:

- أمي، دي سلمى جات تتطوع هنا في المعسكر تساعد النازحين.

أم الطاهر: ما شاء الله تبارك الله، والله يا بتي انتِ ما هينة، الله يسهل عليك ويديك ود الحلال.

نظرت سلمى للطاهر وهي تبتسم بخجل، أم الطاهر:

- أها يا بتي، متزوجة؟

سلمى: لا والله، يا خالتو.

هنا نظرت الأم نحو الطاهر وكأنها تخبره بأن عليه الزواج بها.

مرت الأيام، والطاهر وسلّمى يعملان معًا في المعسكر، يقدمان المساعدات، الطاهر يدرس الأطفال، وسلمى تعالج المرضى. استمر هذا الوضع لفترة من الزمن، وخلال تلك الفترة استطاعا في أوقات فراغهما جمع بعض الأموال، الطاهر استثمر في تجارة صغيرة في السوق، بينما عملت سلمى في إحدى العيادات، مما سمح لهما بتكوين دخل ثابت، وفي صباح أحد الأيام جاء الطاهر إلى والدته بعد شرب القهوة.

الطاهر: والله يا أمي، أنا داير أقول ليك موضوع.

قاطعت الأم بابتسامة: سلمى، مش كدا؟

ضحك الطاهر وتابع: عرفتي كيف يا أمي؟

الأم: يا ولدي، شلتك في بطني العمر داكلو، ما بعرف كيف.

أعطت الأم ابنها المباركة، بعدها جاءت سلمى، وكان الطاهر يستعد لإخبارها بخطتهما، هنا تدخل أحد إخوة الطاهر، محمد محمد:

- إنتو دايرين تعرسوا هسي ـ في الوضع دا؟ ح تسكنوا وين وتاكلوا من وين؟

قاطعه الطاهر بكل تهذيب: شوف يا محمد، أولًا نحن أجرنا بيت وبشيلنا كلنا إن شاء الله، وناكل ونشرب دي ياهو يا هيثم، إنت شغال وأنا شغال وسلمى شغالة، واللي بناكلوا هنا، ح ناكلوا هناك، ويا أخوي، الحياة دي ما مضمونة، كان عندك بدل المحل محلين، وعندك بيتك وعرباتك، الليلة دا كلوا وين؟ مش ضاع في رمشة عين، إنت عارف اللي نزحوا بسبب الحرب كم شخص يا محمد؟

يرد محمد بهدوء: لا ما عارف.

الطاهر: حداشر مليون يا محمد (11) يعني 2.1 مليون أسرة يا محمد، هل الحياة وقفت هل الناس النزحت دي مامن حقها تعيش وتحلم عشان كدا يا أخوي، أنا وسلّمى دي دايرين نبني حياة جديدة في الدمار الحصل لينا وللبلد كلها، إنت عارف سلمى بالنسبة لي شنو؟ يرضيك العايشنو دا يعني؟ ولو بس عاينت لسلمى كأختك، هسي بتمشي تجيب المأذون.

رفع محمد رأسه بكل فخر، وكانت تبدو عليه علامات السعادة بأن الذي يتحدث أمامه هو أخيه، محمد: خلاص، نضرب لأهلك يا سلمى هسي دا.

كانت سلمى خائفة من هذا الوضع، فهي لم تعتد أن تخطو خطوة دون أسرتها، وأكثر ما كانت تحتاجه هنا هو دعمهم، وفي

المساء جاءت سلمى فرحة تركض كالأطفال، وأخبرت الطاهر بما دار بينها وبين أسرتها، سلمى: ألو، يا أمي.

ترد الأم: أبوك كلم عمك الجيلي وقال إنو بيعرف الطاهر وأهله، وهم ما شاء الله ناس طيبين.

سلمى: أها، إنتِ موافقة يا أمي؟

الأم: أنا يا بتي واثقة فيك وعارفة إنك ما بتسوي الغلط. ويا سلمى، يا بتي، ايه يمنعني أفرح بيك شنو؟

في تلك اللحظة، انطلقت الزغاريد صوب السماء، تشق سماءً آخر ما عبر خلالها رصاصة طائشة أصابت إحدى النساء التي كانت تقف في صف الخبز.

النازح

رحلة النزوح إلى وطن يسكنه الكاتب
آتياً من وطن يسكن في قلب الكاتب

علاء الدين الشيخ مكي

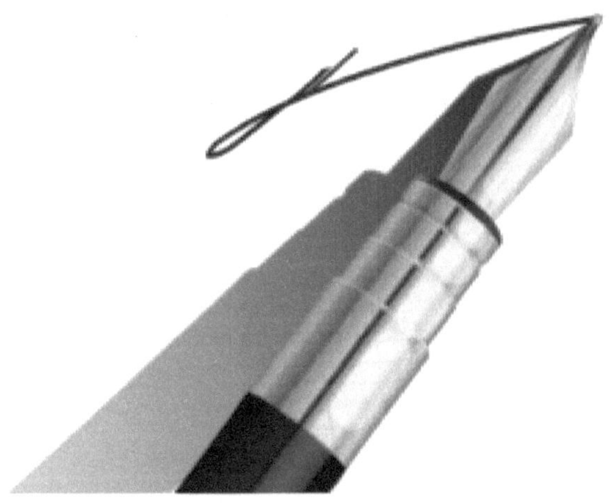